EINE KINDHEITSERINNERUNG AUS »DICHTUNG UND WAHRHEIT«

SIGMUND FREUD

»Wenn man sich erinnern will, was uns in der frühesten Zeit der Kindheit begegnet ist, so kommt man oft in den Fall, dasjenige, was wir von anderen gehört, mit dem zu verwechseln, was wir wirklich aus eigener anschauender Erfahrung besitzen.« Diese Bemerkung macht G o e t h e auf einem der ersten Blätter der Lebensbeschreibung, die er im Alter von sechzig Jahren aufzuzeichnen begann. Vor ihr stehen nur einige Mitteilungen über seine »am 28. August 1749, mittags mit dem Glockenschlag zwölf« erfolgte Geburt. Die Konstellation der Gestirne war ihm günstig und mag wohl Ursache seiner Erhaltung gewesen sein, denn er kam »für todt« auf die Welt, und nur durch vielfache Bemühungen brachte man es dahin, daß er das Licht erblickte. Nach dieser Bemerkung folgt eine kurze Schilderung des Hauses und der Räumlichkeit, in welcher sich die Kinder er und seine jüngere Schwester am liebsten aufhielten. Dann aber erzählt G o e t h e eigentlich nur eine e i n z i g e Begebenheit, die man in die »früheste Zeit der Kindheit« (in die Jahre bis vier?) versetzen kann, und an welche er eine eigene Erinnerung bewahrt zu haben scheint.

Der Bericht hierüber lautet: »und mich gewannen drei gegenüber wohnende Brüder von Ochsenstein, hinterlassene Söhne des verstorbenen Schultheißen, gar lieb, und beschäftigten und neckten sich mit mir auf mancherlei Weise.«

»Die Meinigen erzählten gern allerlei Eulenspiegeleien, zu denen mich jene sonst ernsten und einsamen Männer angereizt. Ich führe nur einen von diesen Streichen an. Es war eben Topfmarkt gewesen und man hatte nicht allein die Küche für die nächste Zeit mit solchen Waren versorgt, sondern auch uns Kindern dergleichen Geschirr im kleinen zu spielender Beschäftigung eingekauft. An einem schönen Nachmittag, da alles ruhig im Hause war, trieb ich im Geräms (der erwähnten gegen die Straße gerichteten Örtlichkeit) mit meinen Schüsseln und Töpfen mein Wesen und da weiter nichts dabei herauskommen wollte, warf ich ein Geschirr auf die Straße und freute mich, daß es so lustig zerbrach. Die von Ochsenstein, welche sahen, wie ich mich daran ergötzte, daß ich so gar fröhlich in die Händchen patschte, riefen: Noch mehr! Ich säumte nicht, sogleich einen Topf und auf immer fortwährendes Rufen: Noch mehr! nach und nach sämtliche Schüsselchen, Tiegelchen, Kännchen gegen das Pflaster zu schleudern. Meine Nachbarn fuhren fort, ihren Beifall zu bezeigen und ich war höchlich froh ihnen Vergnügen zu machen. Mein Vorrat aber war aufgezehrt, und sie riefen immer: Noch mehr! Ich eilte daher stracks in die Küche und holte die irdenen Teller, welche nun freilich im Zerbrechen ein noch lustigeres Schauspiel gaben; und so lief ich hin und wieder, brachte einen Teller nach dem anderen, wie ich sie auf dem Topfbrett der Reihe nach erreichen konnte, und weil sich jene gar nicht zufrieden gaben, so stürzte ich alles, was ich von Geschirr erschleppen konnte, in gleiches Verderben. Nur später erschien jemand zu hindern und zu wehren. Das Unglück war geschehen, und man hatte für so viel zerbrochene Töpferware wenigstens eine lustige Geschichte, an der sich besonders die schalkischen Urheber bis an ihr Lebensende ergötzten.«

Dies konnte man in voranalytischen Zeiten ohne Anlaß zum Verweilen und ohne Anstoß lesen; aber später wurde das analytische Gewissen rege. Man hatte sich ja über Erinnerungen aus der frühesten Kindheit bestimmte Meinungen und Erwartungen gebildet, für die man gerne allgemeine Gültigkeit in Anspruch nahm. Es sollte nicht gleichgültig oder bedeutungslos sein, welche Einzelheit des Kindheitslebens sich dem allgemeinen Vergessen der Kindheit entzogen hatte. Vielmehr durfte man vermuten, daß dies im Gedächtnis Erhaltene auch das Bedeutsamste des ganzen Lebensabschnittes sei, und zwar entweder so, daß es solche Wichtigkeit schon zu seiner Zeit besessen oder anders, daß es sie durch den Einfluß späterer Erlebnisse nachträglich erworben habe.

Allerdings war die hohe Wertigkeit solcher Kindheitserinnerungen nur in seltenen Fällen offensichtlich. Meist erschienen sie gleichgültig, ja nichtig, und es blieb zunächst unverstanden, daß es gerade ihnen gelungen war, der Amnesie zu trotzen; auch wußte derjenige, der sie als sein eigenes Erinnerungsgut seit langen Jahren bewahrt hatte, sie so wenig zu würdigen wie der

Fremde, dem er sie erzählte. Um sie in ihrer Bedeutsamkeit zu erkennen, bedurfte es einer gewissen Deutungsarbeit, die entweder nachwies, wie ihr Inhalt durch einen anderen zu ersetzen sei, oder ihre Beziehung zu anderen, unverkennbar wichtigen Erlebnissen aufzeigte, für welche sie als sogenannteD e c k e r i n n e r u n g e n eingetreten waren.

In jeder psychoanalytischen Bearbeitung einer Lebensgeschichte gelingt es, die Bedeutung der frühesten Kindheitserinnerungen insolcher Weise aufzuklären. Ja, es ergibt sich in der Regel, daß gerade diejenige Erinnerung, die der Analysierte voranstellt, die er zuerst erzählt, mit der er seine Lebensbeichte einleitet, sich als die wichtigste erweist, als diejenige, welche die Schlüssel zu den Geheimfächern seines Seelenlebens in sich birgt. Aber im Falle jener kleinen Kinderbegebenheit, die in »Dichtung und Wahrheit« erzählt wird, kommt unseren Erwartungen zu wenig entgegen. Die Mittel und Wege, die bei unseren Patienten zur Deutung führen, sind uns hier natürlich unzugänglich; der Vorfall an sich scheint einer aufspürbaren Beziehung zu wichtigen Lebenseindrücken späterer Zeit nicht fähig zu sein. Ein Schabernack zum Schaden der häuslichen Wirtschaft, unter fremdem Einfluß verübt, ist sicherlich keine passende Vignette für all das, was G o e t h e aus seinem reichen Leben mitzuteilen hat. Der Eindruck der vollen Harmlosigkeit und Beziehungslosigkeit will sich für diese Kindererinnerung behaupten, und wir mögen die Mahnung mitnehmen, die Anforderungen der Psychoanalyse nicht zu überspannen oder am ungeeigneten Orte vorzubringen.

So hatte ich denn das kleine Problem längst aus meinen Gedanken fallen lassen, als mir der Zufall einen Patienten zuführte, bei dem sich eine ähnliche Kindheitserinnerung in durchsichtigerem Zusammenhange ergab. Es war ein siebenundzwanzigjähriger, hochgebildeter und begabter Mann, dessen Gegenwart durch einen Konflikt mit seiner Mutter ausgefüllt war, der sich so ziemlich auf alle Interessen des Lebens erstreckte, unter dessen Wirkung die Entwicklung seiner Liebesfähigkeit und seiner selbständigen Lebensführung schwer gelitten hatte. Dieser Konflikt ging weit in die Kindheit zurück; man kann wohl sagen, bis in sein viertes Lebensjahr. Vorher war er ein sehr schwächliches, immer kränkelndes Kind gewesen, und doch hatten seine Erinnerungen diese üble Zeit zum Paradies verklärt, denn damals besaß er die uneingeschränkte, mit niemandem geteilte Zärtlichkeit der Mutter. Als er noch nicht vier Jahre war, wurde ein heute noch lebender Bruder geboren, und in der Reaktion auf diese Störung wandelte er sich zu einem eigensinnigen, unbotmäßigen Jungen, der unausgesetzt die Strenge der Mutter herausforderte. Er kam auch nie mehr in das richtige Geleise.

Als er in meine Behandlung trat nicht zum mindesten darum, weil die bigotte Mutter die Psychoanalyse verabscheute , war die Eifersucht auf den nachgeborenen Bruder, die sich seinerzeit selbst in einem Attentat auf den Säugling in der Wiege geäußert hatte, längst vergessen. Er behandelte jetzt seinen jüngeren Bruder sehr rücksichtsvoll, aber sonderbare Zufallshandlungen, durch die er sonst geliebte Tiere wie seinen Jagdhund oder sorgsam von ihm gepflegte Vögel plötzlich zu schwerem Schaden brachte, waren wohl als Nachklänge jener feindseligen Impulse gegen den kleinen Bruder zu verstehen.

Dieser Patient berichtete nun, daß er um die Zeit des Attentats gegen das ihm verhaßte Kind einmal alles ihm erreichbare Geschirr aus dem Fenster des Landhauses auf die Straße geworfen hatte. Also dasselbe, was G o e t h e in Dichtung und Wahrheit aus seiner Kindheit erzählt! Ich bemerke, daß mein Patient von fremder Nationalität und nicht in deutscher Bildung erzogen war; er hatteG o e t h e s Lebensbeschreibung niemals gelesen.

Diese Mitteilung mußte mir den Versuch nahe legen, die Kindheitserinnerung G o e t h e s in dem Sinne zu deuten, der durch die Geschichte meines Patienten unabweisbar geworden war. Aber waren in der Kindheit des Dichters die für solche Auffassung erforderlichen Bedingungen nachzuweisen? G o e t h e selbst macht zwar die Aneiferung der Herren von Ochsenstein für seinen Kinderstreich verantwortlich. Aber seine Erzählung selbst läßt erkennen, daß die erwachsenen Nachbarn ihn nur zur Fortsetzung seines Treibens aufgemuntert hatten. Den Anfang dazu hatte er spontan gemacht, und die Motivierung, die er für dies Beginnen gibt: »Da weiter nichts dabei (beim Spiele) herauskommen wollte«, läßt sich wohl ohne Zwang als Geständnis deuten, daß ihm ein wirksames Motiv seines Handelns zur Zeit der Niederschrift und wahrscheinlich auch lange Jahre vorher nicht bekannt war.

Es ist bekannt, daß Joh. Wolfgang und seine Schwester Cornelia die ältesten Überlebenden einer größeren, recht hinfälligen Kinderreihe waren. Herr Dr. Hanns S a c h s war so freundlich, mir die Daten zu verschaffen, die sich auf diese früh verstorbenen Geschwister G o e t h e s beziehen.

Geschwister G o e t h e s :

> *a)* H e r m a n n J a k o b , getauft Montag, den 27. November 1752, erreichte ein Alter von sechs Jahren und sechs Wochen, beerdigt 13. Januar 1759.
>
> *b)* K a t h a r i n a E l i s a b e t h a , getauft Montag, den 9. September 1754, beerdigt Donnerstag, den 22. Dezember 1755 (ein Jahr vier Monate alt).
>
> *c)* J o h a n n a M a r i a , getauft Dienstag, den 29. März 1757 und beerdigt Samstag, den 11. August 1759 (zwei Jahre vier Monate alt). (Dies war jedenfalls das von ihrem Bruder gerühmte sehr schöne und angenehme Mädchen.)
>
> *d)* G e o r g A d o l p h , getauft Sonntag, den 15. Juni 1760; beerdigt, acht Monate alt, Mittwoch, den 18. Februar 1761.

G o e t h e s nächste Schwester, C o r n e l i a F r i e d e r i c a C h r i s t i a n a , war am 7. Dezember 1750 geboren, als er fünfviertel Jahre alt war. Durch diese geringe Altersdifferenz ist sie als Objekt der Eifersucht so gut wie ausgeschlossen. Man weiß, daß Kinder, wenn ihre Leidenschaften erwachen, niemals so heftige Reaktionen gegen die Geschwister entwickeln, welche sie vorfinden, sondern ihre Abneigung gegen die neu Ankommenden richten. Auch ist die Szene, um deren Deutung wir uns bemühen, mit dem zarten Alter G o e t h e s bei oder bald nach der Geburt Corneliens unvereinbar.

Bei der Geburt des ersten Brüderchens Hermann Jakob war Joh. Wolfgang dreieinviertel Jahre alt. Ungefähr zwei Jahre später, als er etwa fünf Jahre alt war, wurde die zweite Schwester geboren. Beide Altersstufen kommen für die Datierung des Geschirrhinauswerfens in Betracht; die erstere verdient vielleicht den Vorzug, sie würde auch die bessere Übereinstimmung mit dem Falle meines Patienten ergeben, der bei der Geburt seines Bruders etwa dreidreiviertel Jahre zählte.

Der Bruder Hermann Jakob, auf den unser Deutungsversuch in solcher Art hingelenkt wird, war übrigens kein so flüchtiger Gast in der G o e t h e schen Kinderstube wie die späteren Geschwister. Man könnte sich verwundern, daß die Lebensgeschichte seines großen Bruders nicht ein Wörtchen des Gedenkens an ihn bringt. Er wurde über sechs Jahre alt und Joh. Wolfgang war nahe an zehn Jahre, als er starb. Dr. E d . H i t s c h m a n n , der so freundlich war, mir seine Notizen über diesen Stoff zur Verfügung zu stellen, meint:

»A u c h d e r k l e i n e G o e t h e h a t e i n B r ü d e r c h e n n i c h t u n g e r n s t e r b e n g e s e h e n . Wenigstens berichtete seine Mutter nach B e t t i n a B r e n t a n o s Wiedererzählung folgendes: ›Sonderbar fiel es der Mutter auf, daß er bei dem Tode seines jüngeren Bruders Jakob, der sein Spielkamerad war, keine Träne vergoß, er schien vielmehr eine Art Ärger über die Klagen der Eltern und Geschwister zu haben; da die Mutter nun später den Trotzigen fragte, ob er den Bruder nicht lieb gehabt habe, lief er in seine Kammer, brachte unter dem Bett hervor eine Menge Papiere, die mit Lektionen und Geschichtchen beschrieben waren, er sagte ihr, daß er dies alles gemacht habe, um es dem Bruder zu lehren.‹ Der ältere Bruder hätte also immerhin gern Vater mit dem Jüngeren gespielt und ihm seine Überlegenheit gezeigt.«

Wir könnten uns also die Meinung bilden, das Geschirrhinauswerfen sei eine symbolische, oder sagen wir es richtiger: eine m a g i s c h e Handlung, durch welche das Kind (G o e t h e sowie mein Patient) seinen Wunsch nach Beseitigung des störenden Eindringlings zu kräftigem Ausdruck bringt. Wir brauchen das Vergnügen des Kindes beim Zerschellen der Gegenstände nicht zu bestreiten; wenn eine Handlung bereits an sich lustbringend ist, so ist dies keine Abhaltung, sondern eher eine Verlockung, sie auch im Dienste anderer Absichten zu wiederholen. Aber wir glauben nicht, daß es die Lust am Klirren und Brechen war, welche solchen Kinderstreichen einen dauernden Platz in der Erinnerung des Erwachsenen sichern konnte. Wir sträuben uns auch nicht, die Motivierung der Handlung um einen weiteren Beitrag zu komplizieren. Das Kind, welches das Geschirr zerschlägt, weiß wohl, daß es etwas Schlechtes tut, worüber die Erwachsenen schelten werden, und wenn es sich durch dieses Wissen nicht zurückhalten läßt, so hat es wahrscheinlich einen Groll gegen die Eltern zu befriedigen; es will sich schlimm zeigen.

Der Lust am Zerbrechen und am Zerbrochenen wäre auch Genüge getan, wenn das Kind die gebrechlichen Gegenstände einfach auf den Boden würfe. Die Hinausbeförderung durch das Fenster auf die Straße bliebe dabei ohne Erklärung. Dies »H i n a u s« scheint aber ein wesentliches Stück der magischen Handlung zu sein und dem verborgenen Sinn derselben zu entstammen. Das neue Kind soll f o r t g e s c h a f f t werden, durchs Fenster möglicherweise darum, weil es durchs Fenster gekommen ist. Die ganze Handlung wäre dann gleichwertig jener uns bekannt gewordenen wörtlichen Reaktion eines Kindes, als man ihm mitteilte, daß der Storch ein Geschwisterchen gebracht. »Er soll es wieder mitnehmen«, lautete sein Bescheid.

Indes, wir verhehlen uns nicht, wie mißlich es von allen inneren Unsicherheiten abgesehen bleibt, die Deutung einer Kinderhandlung auf eine einzige Analogie zu begründen. Ich hatte darum auch meine Auffassung der kleinen Szene aus »Dichtung und Wahrheit« durch Jahre zurückgehalten. Da bekam ich eines Tages einen Patienten, der seine Analyse mit folgenden, wortgetreu fixierten Sätzen einleitete:

»Ich bin das älteste von acht oder neun Geschwistern. Eine meiner ersten Erinnerungen ist, daß der Vater, in Nachtkleidung auf seinem Bette sitzend, mir lachend erzählt, daß ich einen Bruder bekommen habe. Ich war damals dreidreiviertel Jahre alt; so groß ist der Altersunterschied zwischen mir und meinem nächsten Bruder. Dann weiß ich, daß ich kurze Zeit nachher (oder war es ein Jahr vorher?) einmal verschiedene Gegenstände, Bürsten, oder war es nur eine Bürste? Schuhe und anderes aus dem Fenster auf die Straße geworfen habe. Ich habe auch noch eine frühere Erinnerung. Als ich zwei Jahre alt war, übernachtete ich mit den Eltern in einem Hotelzimmer in Linz auf der Reise ins Salzkammergut. Ich war damals so unruhig in der Nacht und machte ein solches Geschrei, daß mich der Vater schlagen mußte.«

Vor dieser Aussage ließ ich jeden Zweifel fallen. Wenn bei analytischer Einstellung zwei Dinge unmittelbar nacheinander, wie in einem Atem vorgebracht werden, so sollen wir diese Annäherung auf Zusammenhang umdeuten. Es war also so, als ob der Patient gesagt hätte: W e i l ich erfahren, daß ich einen Bruder bekommen habe, habe ich einige Zeit nachher jene Gegenstände auf die Straße geworfen. Das Hinauswerfen der Bürsten, Schuhe usw. gibt sich als Reaktion auf die Geburt des Bruders zu erkennen. Es ist auch nicht unerwünscht, daß die fortgeschafften Gegenstände in diesem Falle nicht Geschirr, sondern andere Dinge waren, wahrscheinlich solche, wie sie das Kind eben erreichen konnte … Das Hinausbefördern (durchs Fenster auf die Straße) erweist sich so als das Wesentliche der Handlung, die Lust am

Zerbrechen, am Klirren und die Art der Dinge, an denen »die Exekution vollzogen wird«, als inkonstant und unwesentlich.

Natürlich gilt die Forderung des Zusammenhanges auch für die dritte Kindheitserinnerung des Patienten, die, obwohl die früheste, an das Ende der kleinen Reihe gerückt ist. Es ist leicht, sie zu erfüllen. Wir verstehen, daß das zweijährige Kind darum so unruhig war, weil es das Beisammensein von Vater und Mutter im Bette nicht leiden wollte. Auf der Reise war es wohl nicht anders möglich, als das Kind zum Zeugen dieser Gemeinschaft werden zu lassen. Von den Gefühlen, die sich damals in dem kleinen Eifersüchtigen regten, ist ihm die Erbitterung gegen das Weib verblieben, und diese hat eine dauernde Störung seiner Liebesentwicklung zur Folge gehabt.

Als ich nach diesen beiden Erfahrungen im Kreise der psychoanalytischen Gesellschaft die Erwartung äußerte, Vorkommnisse solcher Art dürften bei kleinen Kindern nicht zu den Seltenheiten gehören, stellte mir Frau Dr. v . H u g - H e l l m u t h zwei weitere Beobachtungen zur Verfügung, die ich hier folgen lasse:

Zum Hinauswerfen von Gegenständen aus dem Fenster durch kleine Kinder.

I

Mit zirka dreieinhalb Jahren hatte der kleine Erich »urplötzlich« die Gewohnheit angenommen, alles, was ihm nicht paßte, zum Fenster hinauszuwerfen. Aber er tat es auch mit Gegenständen, die ihm nicht im Wege waren und ihn nichts angingen. Gerade am Geburtstag des Vaters da zählte er drei Jahre viereinhalb Monate warf er eine schwere Teigwalze, die er flugs aus der Küche ins Zimmer geschleppt hatte, aus einem Fenster der im dritten Stockwerk gelegenen Wohnung auf die Straße. Einige Tage später ließ er den Mörserstößel, dann ein Paar schwerer Bergschuhe des Vaters, die er erst aus dem Kasten nehmen mußte, folgen.

Damals machte die Mutter im siebenten oder achten Monate ihrer Schwangerschaft eine fausse couche, nach der das Kind »wie ausgewechselt brav und zärtlich still« war. Im fünften oder sechsten Monate sagte er wiederholt zur Mutter: »Mutti, ich spring' dir auf den Bauch« oder »Mutti, ich drück' dir den Bauch ein«. Und kurz vor der fausse couche, im Oktober: »Wenn ich schon einen Bruder bekommen soll, so wenigstens erst nach dem Christkindl.«

II

Eine junge Dame von neunzehn Jahren gibt spontan als früheste Kindheitserinnerung folgende:

»Ich sehe mich furchtbar ungezogen, zum Hervorkriechen bereit, unter dem Tische im Speisezimmer sitzen. Auf dem Tische steht meine Kaffeeschale, ich sehe noch jetzt deutlich das Muster des Porzellans vor mir die ich in dem Augenblick, als Großmama ins Zimmer trat, zum Fenster hinauswerfen wollte.

Es hatte sich nämlich niemand um mich gekümmert, und indessen hatte sich auf dem Kaffee eine »Haut« gebildet, was mir immer fürchterlich war und heute noch ist.

An diesem Tage wurde mein um zweieinhalb Jahre jüngerer Bruder geboren, deshalb hatte niemand Zeit für mich.

Man erzählt mir noch immer, daß ich an diesem Tage unausstehlich war; zu Mittag hatte ich das Lieblingsglas des Papas vom Tische geworfen, tagsüber mehrmals mein Kleidchen beschmutzt und war von früh bis abends übelster Laune. Auch ein Badepüppchen hatte ich in meinem Zorne zertrümmert.«

Diese beiden Fälle bedürfen kaum eines Kommentars. Sie bestätigen ohne weitere analytische Bemühung, daß die Erbitterung des Kindes über das erwartete oder erfolgte Auftreten eines Konkurrenten sich in dem Hinausbefördern von Gegenständen durch das Fenster wie auch durch andere Akte von Schlimmheit und Zerstörungssucht zum Ausdruck bringt. In der ersten Beobachtung symbolisieren wohl die »schweren Gegenstände« die Mutter selbst, gegen welche sich der Zorn des Kindes richtet, so lange das neue Kind noch nicht da ist. Der dreieinhalbjährige Knabe weiß um die Schwangerschaft der Mutter und ist nicht im Zweifel darüber, daß sie das Kind in ihrem Leibe beherbergt. Man muß sich hiebei an den »kleinen Hans« (Jahrb. f. Psychoanalyse, Bd. I., 1909) erinnern und an seine besondere Angst vor schwer beladenen Wagen. An der zweiten Beobachtung ist das frühe Alter des Kindes, zweieinhalb Jahre, bemerkenswert.

Wenn wir nun zur Kindheitserinnerung G o e t h e s zurückkehren und an ihrer Stelle in »Dichtung und Wahrheit« einsetzen, was wir aus der Beobachtung anderer Kinder erraten zu haben glauben, so stellt sich ein tadelloser Zusammenhang her, den wir sonst nicht entdeckt hätten. Es heißt dann: Ich bin ein Glückskind gewesen; das Schicksal hat mich am Leben erhalten, obwohl ich für tot zur Welt gekommen bin. Meinen Bruder aber hat es beseitigt, so daß ich die Liebe der Mutter nicht mit ihm zu teilen brauchte. Und dann geht der Gedankenweg weiter, zu einer anderen in jener Frühzeit Verstorbenen, der Großmutter, die wie ein freundlicher, stiller Geist in einem anderen Wohnraum hauste.

Ich habe es aber schon an anderer Stelle ausgesprochen: Wenn man der unbestrittene Liebling der Mutter gewesen ist, so behält man fürs Leben jenes Eroberergefühl, jene Zuversicht des Erfolges, welche nicht selten wirklich den Erfolg nach sich zieht. Und eine Bemerkung solcher Art wie: Meine Stärke wurzelt in meinem Verhältnis zur Mutter, hätte G o e t h e seiner Lebensgeschichte mit Recht voranstellen dürfen.